俳句風曲集

風曲

夏木久
Natsuki Q

風詠社

Natsuki Q

―詩は音楽にならなかった言葉であり、

音楽は言葉にならなかった詩である―

（ヘルマン・ヘッセ）

目次

前Q - 早口のPrelude 風 -

羊歯類の歯の浮くほどの春の面妖

鳥虫の凡よそ風土を出でぬ気風

発端は芋の蔓引く祖父のこと

一粒の風を絵巻の半ばより

風曲る角に手洗ふ水の暮

晩秋の頁は夙に飛ばし読め
砂漠へと風は凝結そして気化
縫ひ代を伸び代と言ふ真顔にて
あとがきへ風紋たどりロビンソン

箪笥長持 - C・major 風 -

長持を開けて前世の花衣
欲しい娘は還暦の花一匁
春疾風また直球と思はせて
居心地の悪い如月弥生かな
春一番席を譲つて途中下車
この街に荷解く霞の深さゆゑ

蒲公英の絮を吹く癖見遣る癖

余白へと春の祝意を置き忘る

菜の花に呼ばれ今宵は二重奏

影に陰かさね塗りして鬱金香

回覧の捺印すこやかなりし春

蛇穴を出でてスマホを箪笥より

初蝶がやる気を見せてゆく分野

音階はゆつくり上がれ犬ふぐり

逃水の背にマーカーを投げて鬱

地下階のバーの奇声は風信子

月おぼろ夜の卵意を温めをり

手掛かりは海市の西の朝市に

糸遊も森の木蔭のダンス部へ

管球を替へてと嘘を吐く春灯

畳まれしままの傘寿や鳥雲に
電線に電気ながれり燕来る
作風の差異を梅東風涅槃西
銀色の少女巣立つと走り書
逆風に袖のほころび奴凧
春ゆけり船中泊は漂泊に
年輪の巾の違ひを卒業す

游泳 - A・minor 風 -

水際色の言葉が驟雨のバスに乗る
溺れる夢覚めて水飲む未明かな
泳ぐ眼の着けば波止場は騒々し
伯父宅に寄つて水掻き貰ふ夜
路地裏の円い澱みにある浮沈
掬はれてまた戻されて金魚学

波音に包囲されをりこの邂逅
天体の穴をゆつくり泳ぐ様
游泳を月光菩薩撮られたる
即興の風のもてなす汐見橋
海底より四輪駆動の乳母車
母の影海に戻せば回遊す
波に乗る八幡宮の大鳥居

表裏返し波寄る秋津洲

奥山を猿丸流浪す金敷と

遊民が浪裏さがしあて永眠

衛星を質入れせるか惑ふ星

百千鳥呼べる淡海の海の古人

食ひ違ふ鴎の過去と波の行末

隠沼のやうコンビニの蛍光灯

自転車を押し戻りゆく猿ヶ森
ガラパゴス辺りは遊泳禁止域
凱風の海路を進むカテーテル
流れること語り尽せば葉筏に
潰したるペットボトルの中に海
漣へトランスブルーの幕を引く
日毎夜毎じやことくぢらの弥次郎兵衛

迂回路

手鏡へ蛍充電すると消ゆ

蛇苺教えてくれし叔母の墓

虚の口説く嘘と仰げり雲の峰

青葉闇おくへ奥へと濡れゆけり

鯉のぼり風の口より少年ゆく

邦題に唖然と夏は荒れ放題

庇に釘打って疵跡５月病

歴とした®着け梅雨に入る

淀む夜へ時計仕掛けの遠花火

夏野へとまた横車押しに行く

あめのしたあやめあやむるあめのふり

沈下橋からひとの匂ひよ水無月よ

蝉しぐれ空の器にたまりゆく

夏蝶は抜け道兄はまだ迷路

鍵束の音の弾けり熱帯夜

客間より滝壺までの遊歩道

綿菓子を割つて祭をあふれさす

風死すと差し出がましく手紙書く

止め処なく水母を目指す父の背や

晩夏へと言葉を畳みかけ青年

揮発性高く見逃す街の虹
風鈴やこの爆風は想定外
鏡濁る金魚も恋も掬へずに
空蝉やさらに音楽抜き取られ
紫陽花を揺らし疲れて彷徨く老
向日葵や切ない背伸びばかりして
青あらし迂回路選ぶ癖抜けず

風祭 - Variation 風 -

肺患ひの息を引き取る比良八荒
皺の寄る風の化石や枢星
夕暮を一風変に一輪車
仏壇を出でて箒に乗りたがる
木製のベンチや木霊憔悴し
沖ノ島辺りで海風喀血す

時化の日の路地へ風の子追ひ込めり
蛇の目さす心理学者の風情にて
木星の森の風化を四重奏
ブラスバンド雨に濡れをり星条旗
イメージをいじめ尽して湿地狩
円い風四角い風と出逢ふ街
祭ゆゑ木馬のことを語り継ぐ

発つ準備する夕凪の日章旗

水際を音楽室風の波奔る

おにぎりの具は潮騒の風味かな

雲湧かせ祖父母も父母も風祭

手風琴風を喰らつて奏上す

たつぷりとリップクリーム塗り風見鶏

絶海のランゲルハンス島に焚火

室内楽へ潮風迷ふやう海豚

水平へ垂直へ吹ける大地の後祭

呼吸法忘れぬやうに棺に入る

島唄や風樹の嘆を海鳴へ

水源の樹海へ向かふグライダー

地下室より風速計を天窓へ

盤上に石犇めける牧場風

呼鈴 - Sound of silence 風 -

曼珠沙華青のアオザイよく似合ひ

月光がドリンクバーに置かれあり

几帳面にチャイムを鳴らす秋日傘

シナモン的汽笛ひびかせ神無月

ここからは秋の蟲ゆゑ紅茶買ふ

話し相手なく秋ロのベルを押す

蒼穹に百舌鳥の手腕を買ひ被る

厠までリフトは霧に包まれり

段ボール箱の黙礼並ぶ秋の夜

仏壇も留守や朝から天高し

救助作業夜を徹しても芒原

草の花一輪ひらき地は器

心室に呼鈴つけど暮の秋

秋霖を断片的に沈黙す

追跡をねがふ逃亡吾亦紅

満月や薬ともども姉不明

礫刑はまだ三日後や真葛原

運転手も秋も駐車場に居ず

応答を待てどもやはり野紺菊

謎が謎呼べば黄落するばかり

地球儀に光を当ててゐて夜長

訪ねても居留守ばかりに烏瓜

なるのなら釘よりハンマー鰯雲

秋風鈴今日も売れずと音を上げり

神主も社務所もついでに神も留守

無理からぬことを紅葉に乞ふてみる

昨日今日明日案山子は「The sound of silence」

鉱脈 - Rhapsody 風 -

脈絡もなくて七癖質草に
線香の煙の揺らぐ非常口
山脈に文脈繋いでまた試掘
風琴の響けるアキバ幼稚園
迂闊にも檸檬転がす二重橋
脈々と涎をこぼす八重洲口

無造作に夜を解けば血の匂ひ
原告団渡れば橋は落とされり
路線図の絡みダイヤは乱反射
立坑に気風投げ入れ伯剌西爾へ
会議用のナイフを配る私設秘書
不眠症カンテラ提げてメトロへと
シャンパン乾しその坑口を揶揄したる

クレーン車硬質な夜を吊るすまま

カンテイは既に贋作東京ドリーム

街角や掘つては埋める光景数多

蛇口へと舌をさし入る夜の蝶

聞き込みをして核心を一寸虫

命からがら東京炭砿より逐電

裁定待つ桜田門に火を焚きて

鉱脈を奥へおくへと禁断へ
ロボットの屍を次の鉱山に
骰子や都市金鉱は黄昏れて
仏壇の蝶番にはコラーゲン
落盤の夢は上野の獏次第
良質の東京鉱は幾久しく
鉱脈は水脈嫌ひ黄八丈

枯野節

お祷りは粉雪降るまで鍛へらる
干乾びし思ひ出麺麭に塗る小春
この雪にまたあの雪を口遊む
狐火のことを可笑しく言伝り
葱白く逢魔が時を謡ひだす
防人や袋小路に蒲団干し

爺臭き彼の枯野を裏返す

木枯や組体操が崩れだし

自販機の口も憂鬱に冬唄ふ

空瓶の肩を寄せ合ふ冬銀河

枯れ急ぐ風にもあらず冬薔薇

時雨まで三味線ひき摺る異邦人

あやふやな夜は湯豆腐を向ひ合ふ

ケータイに声を荒げて神還る

羊より温く冬日の当たる居間

曲がつても同じ遠道枯芭蕉

盤上に冬の鴎を置く挽歌

非常用電話寡黙に冬の底

手鏡に残像とどめ雪模様

梟も耳をかたむく枯野節

墨磨れば闇先奔る水仙香

天体を擽り倒す師走かな

石蕗や瞽女は時折風を弾く

冬の月回転木馬より降りず

枯木今一糸纏はず四股を踏む

玩具箱より畳まる冬の旅を出す

枯落葉音符ぷぷぷぷと吹かれをり

棗の棘

動物園を偲ぶ脚気の猫車

本棚を出航三日目に難破

月日繰り朋友来たる明後日

一角獣都心の森の隅に棲み

あの話ここまで弾ませ笑茸

品川の器に口をはさむ巡回

木曜の禁忌淋しき森林組合
黒猫があの路地裏の脳裏へと
谷折りの底へ耳鳴り転げをり
行旅死や四角い空をかけられて
阿と聞けば吽と応ふ程甘くない
オブラート溶け微睡の蕩けだす
先生がペットボトルを撫で順風

住み慣れし町を缶蹴りして去りぬ
故郷より風声あれば墓地のこと
雨季乾季ウキウキ歓喜浮子喚起
露店出すモンドリアンの街角に
蓮根に辛子や過去の穴埋めと
花びらを外す蕪村と思しき人
面影の色濃くなれば陰干しす

蔦は輪をずらし海外逃亡す
棘かくし棗の名告る裏千家
死者生者棺の窓辺に暮泥む
風呂敷に夏を包んで秋口へ
面妖な緬羊わたる交差点
沈没の船より舟へ潜水夫
白白と夜景の万家赫赫と

巡回

雨の犬ふぐりは濡れてすぐ乾く
口笛を吹ける阿修羅や蝶生れて
夜も更けて春夢盗みにゆく気配
風光る其処を父なり母なりに
花ふぶき袋に入るほどにせよ
朧へと米研ぐ音を聞きに行く

桜とふ凶器を帯びし狂気かな

飛花落花ふたりは深い沈黙に

春宵を頬杖突きしまま巡査

脚広げり文化教室春の椅子

風巡る舞台裏にも花降る日

一頁先へやうやく落椿

跳箱を一段高く燕の巣

回廊の時間を巡る桜鯛

前略の後はただただただ白魚や

巡礼の月日を仰ぐ啓蟄暮れ

靴下に風穴見つけ四月馬鹿

春惜しむ函に並べて売り歩き

この春や後悔先に発たせたる

黙殺にまたもや笑みが春愁ひ

ゆく春に回覧預けつ放しらし
異臭騒ぎの春を巡回異常なし
非常口出れば退社を捺す暮春
墓穴掘る場所を探して春更けり
逃水の速さもすでにあめふらし
トンネルの奥のおくまで山笑ふ
オーロラを見に蒲公英の絮飛翔

某症候群

月光の四肢美しき程麻酔
診療室の壁の海峡潜望鏡
魔法瓶擦って昭和症候群
珈琲を難癖つけて掻き回す
踏み板が外れ疾患また悪化
踊り場や入院患者の愚痴の染み

木椅子に釘打てば痙攣して眠る
瘋癲をチュニングすればまた風来
しわよせをくらふしあはせしをあはせ
弁財天愛玩犬を抱へ麻痺
隣人が猫を被るといふ噂
遠近の異界へお散歩症候群
会釈して心療内科の勝手口

激流に乗つて戻れぬ湯舟かな

玉手箱だんだん重く捨てにけり

極端な笑み零し合ふ夜のロビー

窓の月にそれは不味いと指摘さる

タクラマカンに釣針垂らし外科部長

飄々と瓢箪争ふ雪隠戦

立錐の余地も角打症候群

空缶を出で空間を出で虚空
言ひ澱む夜のナイルが満席で
尾鰭など癌病棟のロッカーに
夕暮の電池に浮かべ螺子と発条
病室をピカソの青とジャスミン茶
今日もまた音も立てずに老けにけり
ポルとガルアリスとテレス栗と栗鼠

住処何処

日の丸の手許足許より黒南風

濡縁に叱りつけても走り梅雨

夏の夜のプールに通ふ深海魚

鬼薊と呼ばれ夜な夜な写経せる

身に余る住処に浮かぶ金魚かな

水中花デモの許可下る昼下がり

躙り口より昆虫採集出でしまま

水母にも義母にも動機ある噂

自転車が緑雨に馴染み児童館

貨車終れど黙祷つづく皐月雨

空蝉の痒いところを反戦歌

向日葵の影を測れば旅鞄

海峡へ出て夏蝶は蒸発す

麦秋の波を開店記念品

美しき開脚前転して蛍

雲の峰より一団の湯治客

薫陶を受け薫風へ恥忍ぶ

短夜の立場は何処を夢枕

輸入品倉庫に百合の匿はる

昼顔と新嘉坡へ痩せにゆく

夏草を摘むや水引き結切り
風死せば墓の隣を空けてやる
昆虫になる日に気付く汗の量
何処にでも夏の糸口纏ひ付く
雲梯を競へり知事と庶務係
搦め手の風の道まで夜の秋
虹立てば彼女の住処への標

夢暴

梟は羽撃き移民は妄想す
洗脳も夢の暴走止められず
日月や渡りし橋を爆破され
試着室の苺の夜を押し潰す
死者生者奏者の耳を奪ひ合ひ
乱切りに無闇に闇を切り刻む

砲身に亡者追ひ詰められ放心
颯爽と砂漠の酒場の止り木に
型番の違ふ夢ですガラパゴス
二足歩行ゼリーな夢に匙を投ぐ
五位鷺の碁盤の基盤の誤爆の巣
カーニバルの露店を掠め暴風雨
あの辺りから獏は悪夢を吐き散す

サンプルを配るうみうし無謀にも
かえる君と逢ふ真夜中のバスの中
鬼子母神へ最終注文取りにゆく
寝入りに矛寝起きに盾を夢暴れ
猫バスが猫町見つけ臨時停車
夢淡けれど受信装置は猛反応
白い影を迷子鴎に貸してやる

千羽鶴白日夢よりなほ南下
騙し絵の夢の後宮その臥所
雑草と呼ばれ大地を夢夢と
画期的な暴言吐いて退席す
紫の夢に接ぎ木をして一服
終電の度に削除は五六人
遊歩道夢の剥製並べられ

土耳古石 - Serenade 風 -

口数の多い器を出し夜食
壁紙に伯林青を塗り秋思
霧襖開け勃牙利へ風の蝶
秋口へ母を送つてから蔦屋
野分前野菊に貸せる野草本
秋霖の止むまで父母を観覧車

土耳古石

新走り話題は用意してゐます

穴惑ひ不幸の手紙受け取りて

缶蹴りもすめば空缶いわし雲

金風の要錆び付く蝶番

月誘ふ「紐育市小夜曲」

忘却は不治の病と破芭蕉

天高し電話ＢＯＸ開け放ち

秋蝶を波斯絨毯の夜へ放つ

秋に厭き注ぐ希臘の赤葡萄酒

月の光亜米利加露草忸怩たる

白桃も恋もつぎつぎ傷み入る

むず痒い言葉ばかりの葉月の夜

呟きに電池切れたる烏瓜

晩秋の狭間を辿り熱気球

霧の旗掲ぐ記憶の葬儀して
秋日傘閉ぢて阿蘭陀坂の沖
土耳古石のやうな足跡銀河原
機械室を仏蘭西人形訪ふ九月
地下鉄のドアの開くたび大花野
夜の奥へ通されしまま神の留守
十三夜まで逃げ切ればまた会へる

超純粋

昭和よりモルタル塗りの手紙来る

門前にスヌーピーのマーキング

ポアゾンの検出されし江戸切子

あの夏もまたこの夏も秋口へ

超純水に水母の浮かぶ超奇麗

曼陀羅の接ぎ目啄ばむ極楽鳥

落花生頬張りサンティ落書す
尻取りに四十七士は無我夢中
残酷な夜や執事を走らせて
雨の闇２列の右に並び続け
白き家に仕掛け絵本の茸雲
海軍の海星山盛り量り売り
純情な言葉の綾を風雅織

鳥栖へトスみんなトリスとスト最中

腑に落ちず樹海へ知事を送り出す

神経に触るその風貌に追着かれ

張つて直ぐ蜘蛛の巣見事大炎上

海峡へ任侠らしきイージス艦

信仰心持てるロボットの巡教

昏昏とスプリンクラー熟睡中

マドンナの母乳零れて叢雲に
純粋なパンタグラフの終の旅
雑作なく雑音消しぬ雑煮椀
菜の花を灯し忘れて泉岳寺
原子炉に銀河鉄道途中停車
遁走曲の襟首掴まへて罵倒
死を解す人工知能の風葬

風に吹かれて

ペンギンをペンダントにす北京の冬

リモコンを壊し雪崩を引き起こす

旅人を気取る枯野を踏み抜けば

舌の根を嗄らしつづけて草枕

ご不浄があまりに遠く失速す

冬の蝶風に吹かれてご執心

仲介を拒む2階の隙間風
病名は作り笑ひに枯芭蕉
冬の石抛られ軽くなる最中
駅光る町に聖夜を持ち込めば
焚火にも水際のあり手を洗ふ
じつくりと本を紐せば雪が降る
ボヘミアの楽器を鳴らす風立ちて

9時〜5時も月〜金もなく冬日向

何処を如何来ても真冬のマンホール

メビウスは夜も日も継いで冬木馬

白鳥の振付け見ればイグザイル

郵便受けの風の便りの呪文めく

バス待ちの列の攣じれを帰り花

冬の花器倒れ流言飛語流る

焼鳥の串や写真の腑を突き

去年今年無風の駅前人卍

ビー玉が笑ひ転げる春隣

歳晩の仮面を並べ四面楚歌

風前の灯火見つめつづけ鴎

手に足に蔦の絡まり風は枯る

風の吹く夜も狐火になつてをり

赤飯買ひに - Intermezzo 風 -

久々の今日の器を撫でてをり
春の暮こぼせる言葉まで湯掻き
時間より桜に合はせ歩きだす
墓原に昼の花弁の外るる音
暮春ゆく影は角より遅れ勝ち
何もなく赤飯買ひに日永かな

春ゆけり遺品眺めて思ひ出し

文月夜や新聞広げ爪を抓み

只管に伽藍を目指す青嵐

ケータイを充電中の雲の峰

蛍夜を音損なひしままに消ゆ

文庫本の折癖とらず帰省せり

原爆忌釘拾ひ上げまた捨てり

不意を突く水は天から浜離宮

忘れずにゐます白花曼珠沙華

コンビニに映るコンビニの夜長

猫が仔猫木の実降る中さがしをり

食卓や赤のまんまの散らかされ

黄落やまだ結論は出てゐない

坂の秋あの雲並みを懐に

捨案山子に触る左手より翳る
珈琲を淹れり己にてこずれば
湯豆腐や会話緩めに始めやう
風花やココアの香る部屋の窓
枯葉踏む誰も否定は出来ぬまま
待ち兼ねて春を蒲団に広げをり
庭眺め椅子徐に「こころ」閉づ

風の器

背凭れに病が深く春霞

完治願ひ春宵学を専攻す

春舟として漂へば割れ鏡

胎盤に風の器を見つけし日

飛乗つて淋しき顔の春二番

淫らにも鷗は春へ一羽きり

いつまでも沈没船の春の宵
朧夜へ神社をひとつ置き忘る
選挙戦の準備のためと残る鴨
羽振りよく春の墓穴開いてをり
犬ふぐり法螺を吹くほど要治療
帰る鶴拉致し途方に暮れつづく
非常釦押すか押さぬか四月一日来

風変はりな患部の写真黄砂降る

現場より凶器のことを亀鳴けり

野菜室の記憶の乾き看てやりぬ

山笑ふ「Imagine」を口笛にして

自治会へ急げばすでに潮干狩

春眠の戸をとんとんとんと葱刻む

電線や空麗らかに腑分けされ

選挙後の街の恵部へ花の雨

ひと雫こぼれて風の器に音

万歳や枝垂桜は強いられて

納豆を鉄腕アトム混ぜ続く

如月尽彼女の雨と彼の雪

水温むまで頬杖の下の姉

寛容な虚言並べて桜蘂

白闇

ぽろぽろとわたし達には原爆忌
踊り狂へキノコの森の子供達
仏像やまた過労死に怯えをり
手術室のことを蝙蝠傘白状
絶へ間なくそそぐ不在を汲む馬穴
地下室へ爪に火灯し呼びにゆく

太鼓叩く一角獣が欲しくつて
約束は風雲急に破棄されり
パン屋と約す胡桃のことは忘れると
壁に耳あてて夜聞く紙縒り売り
風向をつかみ損ねて彼岸まで
暗闇を手荒に畳み卒業す
ミッキーと曲り角まで殴り合ふ

水母には療養施設の記憶あり

螺子山の笑へば緩む会議室

左目が右目を嫌ふ色眼鏡

原形をとどめずとも神と崇めよ

空欄へ余白へまでも皺寄せが

白闇を目《ン》玉濡らし垣間見し

草案は鶯谷の薬師より

紙コップ潰す即位の誰そ彼時

切り花の戦ぐ花瓶の白嵐

浮雲や脳辺縁の緑地へと

知らぬ間に身内に生える毒茸

炉話の続きは半減期の先へ

右足が左足蹴り自暴自棄

日月を重ね偶さか闇白し

水汲み

跫音に体の痛み響かせ夏

追憶と思しき池へ小石投ぐ

去りし日を水甕に入れ運ぶ舟

水売りの聲が八百屋を過ぎりけり

天金の縁より天へ天道虫

行人の風情の絡む糸瓜棚

迂闊にも水を孕ませ渚まで
潮騒のなかの静けさ一夜干
クラインの壺を背負へば水無月来
東京の劇団目指すと言ひ守宮
水を汲む手児奈は風を傍らに
出ればば直ぐ誰の月かと指差さる
ひまつぶしひるまのさけとひつまぶし

燐寸擦る瞬く時や水に闇
蛍の水辺をさがす火の匂ひ
一滴の汗に揺れをり桶の水
密会や魚捌くやう始められ
ありそうでなければ破風へ南風
水桶を背負ひて遥か天の川
器へは水か薔薇かと上の空

郵 便 は が き

料金受取人払郵便

大阪北局
承　　認

1357

差出有効期間
2020 年 7 月
16日まで
(切手不要)

553-8790

018

大阪市福島区海老江5-2-2-710

㈱風詠社

愛読者カード係 行

ふりがな お名前			明治　大正 昭和　平成　　年生　　歳	
ふりがな ご住所	□□□-□□□□		性別 男・女	
お電話 番　号		ご職業		
E-mail				
書　名				
お買上 書　店	都道 府県　　市区 郡	書店名	書店	
		ご購入日	年　月　日	

本書をお買い求めになった動機は？

1. 書店店頭で見て　2. インターネット書店で見て
3. 知人にすすめられて　4. ホームページを見て
5. 広告、記事（新聞、雑誌、ポスター等）を見て（新聞、雑誌名　　　）

風詠社の本をお買い求めいただき誠にありがとうございます。
この愛読者カードは小社出版の企画等に役立たせていただきます。

本書についてのご意見、ご感想をお聞かせください。 ①内容について	
②カバー、タイトル、帯について	
弊社、及び弊社刊行物に対するご意見、ご感想をお聞かせください。	
最近読んでおもしろかった本やこれから読んでみたい本をお教えください。	
ご購読雑誌（複数可）	ご購読新聞 新聞

ご協力ありがとうございました。

※お客様の個人情報は、小社からの連絡のみに使用します。社外に提供することは一切ありません。

背泳に転じて雨はしとしとと

八月を雨漏るやうに過ごしけり

青嵐を実現せよと叱咤さる

水汲みの途中倒れし夏木立

杖つけば虹へにじへと人の列

祖霊みな古文書抜けて夜の秋

次の世も戦死する子か水汲みに

真夜鳥

昨日を粉飾真夜の遊園地
燕子花死後硬直の始まれり
爆心を核心として真夜をゆく
不知火や情報収集手間取りて
椅子の背に預けつ放しや古背広
失禁を隠し通して豪雨待つ

町工場の機械の隙を夜光虫
青薔薇を啞へ窓辺に真夜の鳥
一舟で足るこの束の間の世界
湿気もくの火と結核の父を看取る
アイドルを夜の向日葵が焦がしをり
血圧を測り直して乗れ木馬
其処此処に散歩老人華と咲く

永眠の決まり深夜の記者会見

玉手箱返して介護付きホーム

他界ではタイムカードは多分不要

透明の地球儀回し夜行鳥

父母に追ひつけ夜の花電車

月光も星光も集めすべて白紙

五番街の風二条の松明に嫉妬

白鳥の集へばシベリア愚連隊

コリアンダー的な科白を並べ愛

晩年や昏い薬局より出して

夕景をただ取り乱す帰巣癖

放課後の創を繃帯の軍艦巻

阿が吽をライ麦畑へ呼びに行く

休日出を突《ッ》つく湾岸通りのカラス

終電 - Nocturne 風 -

怒るまで猫を伸ばしてみる挿話
秋口を開けて犀など夜汽車など
風立つと風の便りに風邪をひく
醍醐味と猫撫で声を漏らす齟齬
月を抱くために預金を崩しけり
秋蝶と呼ばれどうにか退院す

箒の柄折れて彼女もバスの客
賓客は月日の積木崩し眠る
掬はれて秋の金魚も乗客に
玉葱は透き通るまで鳥渡る
鬼蜻蜓呉れて兄貴は山彦に
生憎に零る銀杏の夜想曲
朝霧を捲り薬屋まで走る

放出へ葉月葉裏の離れ業

実家には戻れぬ訳が秋燕

愛に耽る夜行回転木馬かな

朝顔の淵に停まらず縄電車

祷りへと紅葉を急ぐ終電車

山粧ふ文殊菩薩も魂消をり

終電の釦を開く診てやると

菊人形の夫婦も列に夜更け駅
花瓶倒し月まで歩き始めをり
懐かしさの手前晩秋の塔灯し
舌打を風に案山子も夜汽車待ち
しつかりと闇縫ひ合はせ葛の花
貨車終る頃の淋しいドレミの歌
月光を浴びると列車降りたきり

尖耳考 - Impromptu 風 -

美しき耳や彼岸を爆破せる
西京より東京都へ遣ひ出す
尖るほど影を歪めて雅典の兵
水がみづ放して鋭意努力せり
別れし音と逢へり維納の街の角
折鶴のコンプレックス聞くばかり

頭巾被る隅のスミスは尖ンがって
人類やされど地球のエピソード
ふたりしてもつと深夜の尖端へ
桑港へ紆余曲折のナビゲータ
その文句織月風に引つ掛かる
嘴の指せる孵化後の円い月
沐浴の日光菩薩の脱衣籠

尖鋭な足音ひびかせ雨虎
居酒屋に梟待たせ銃を買ふ
唐辛子の先端辛い夜を刺す
航海士パセリセージと輪唱す
沢庵は巴里か那波里か那辺かな
耳医者の裏を躊躇ふMr.スポック
貸せし耳また丸められ返されり

コーラ飲み国境線引け地球人

標的は母艦の空母に乗る水母

秋霜を目もと涼しき上海帰り

尖る耳舐つてあげる岬まで

奔放な山を神社の裏に呼ぶ

芳一は耳尖らせて送受信

尖塔を越え倫敦へ風媒花

バーバ・ヤガーの鶏風

鷹柱揺らし退去を勧告す
窓硝子粉々聖書の印刷場
縫ひ針を探す焼野の火傷痕
水仙ら苛め疲れて暴れだす
冤罪をかかへて足掻く黒白鳥
ゴトー待ちバーバ・ヤガーは角のバー

嬲り者のオセロゲームが姦しく

石の上の焚火の跡を紙吹雪

生温き異教の家の聖夜の灯

裏切りの断面つつき蓮根煮

電気室の奥に内緒で飼ふ大蛇

禁猟区デュークと名告る膝小僧

健やかにジャム小父さんと影踏みを

展覧会出て直ぐハードロックカフェ

巣窟を抜け山師と香具師は香具山へ

崇るので神と崇めてそして遺棄

屏風を階下へ地下へ尼寺へ

執拗に舟影叩く刺青師

暇な神六甲颪口遊み

蘭月下鯨に任す雑魚の宿

空欄に天使托卵してゆきぬ

骨のある園児ら魔の山を目指す

鶏風にボサノバ泛べFMラディオ

縫ひ目なく抜け目もあらず舞ふ天女

懺悔する機械仕掛けの水の百合

叢林を抜けて杜まで路線バス

鶏の脚に立つ小屋へ磁気嵐

迷宮 - 地味なFinale風 -

風車神宮外苑換気中
官邸の爆破目標は迷宮
丁寧に守宮足跡残しけり
配管に元首の詰り風の漏る
風袋を引くも引かぬも風神来
雨樋毀る参勤交代怠りて

竜宮のこと思ひ出す外厠

枢密院の不眠不休の管工事

迷宮へ帰省を急ぎゆくアリス

星に馬車繋ぎ迷惑駐車かな

迷走の勝手口にて挙げり式

微睡みの破れ離宮を遠ざかる

図書室の棚を時間が滝のやう

引継ぎの業務日誌の異常欄に○
月宮の裏の我家を耕せり
リリカルに宇宙迷路を漂流す
子宮より出れば迷宮入り至急
舞ひ踊りし鯛の両眼しゃぶり開眼
迷宮の空爆命令未だ出ず
阿房宮の鏡を溢れ出す苦境

後宮の開かずの間より爆音が
日捲りのふと水面下には豆腐
病床やフローリングを磨き上げ
茸雲の胞子飛散す五大陸
迷宮のドアの錆には５・５６
砂丘一面剥がれしままに風を踏む
かたつむりちこくちさんにめをつむり

後Q - 自惚れのEncore風 -

追ひ風の曲に纏はる袖袂
足跡は象にも蟻にも冬干潟
生身魂風の分け前ふところに
うたた寝や無風をすすみゆく帆船
くれぐれもくれてもろうかはしつてはならぬ

案山子消ゆ事件か事故に巻き込まれ
風韻を解けば「A day in the life」
柩には古風な恋歌ひびかせ夏
木石に風雅染みこませ永久

【終】

あとがき

最近、東京の娘から初孫娘の写真（静止画）、ムービー（動画）が頻繁にＰＣメールで送られてくる。１歳半・２歳前の可愛い頃で、九州の爺っちゃんへ送ってくれるのだ。

そこでふと考えた。自分はケータイにせよカメラにせよ、ムービー機能はあるのだが、ムービーは撮ったことがない（試しに１・２度はあるが？）…。

静止画。ラスコーの洞窟画、モナリザ、北斎の神奈川沖浪裏…、一瞬を捉えながら、多くの時間を踏まえた静止。その前後左右天地は語られることなく、見たものが想像するべきものとして、描かれである。

動画。ギリシャ劇、シェークスピア、黒沢映画、ＴＶドラマ…、今でこそ記録され繰り返し閲覧できる（まあこれが動画）が、流動する一過性のもの、消えてゆくもの…。静止画に時間を加味すれば動画になる訳でもなく、また余計な意味性を留めるものでもない。恐らくは間違いなく、静止画の周辺にイメージされるもの、溢れ零れる生と死を描くものとして、それは流れ去るのだ。

そして音楽も…、風のように流れ去る。

絵や音楽と違って、言葉はその映像や事象・状況をそれとして捉えた瞬間から枯れ始める。その枯れを少しでも遅くし、生き生きとした時間（時間が存在するものとして）の表情として留めたい。そんな思いを、詩・殊に俳句（日本短詩）は叶えるのではと秘かに、痛切に信じる。

しかしはてさて、この眼前の景は動画なのか、それとも静止画なのか…。

２０１８・皐月　娘が二人目の孫を産む

ひと月前の風が薫り始めた頃に

―説明しなくてはそれがわからんというのは、
どれだけ説明してもわからんいうことだ―
（村上春樹「１Ｑ８４」内登場人物科白）

夏木　久（なつき　きゅう）

1951　大阪府、大阪市生れ。府立高校卒業。
広告代理店等の会社員として勤務。
1991　福岡県転居。広告代理店・経済新聞社等の会社員として勤務。

＊＊＊＊＊＊＊＊＊

1974　詩集「メモリーズ」（私家版）
2015　句集「神器に薔薇を」（私家版）
句集「笠東クロニクル」（私家版）

＊＊＊＊＊＊＊＊＊

2015　第 47 回九州俳句賞
第 46 回福岡市文学賞（俳句）
2016　第 3 回摂津幸彦記念賞（大井恒行奨励賞）等

現在「連衆」「豈」「俳句新空間」参加
現代俳句協会会員

＊＊＊＊＊＊＊＊＊

〒 812-0892　福岡市博多区東那珂 1-15-5-505
ship2k926@nifty.com
http//kikuo926.at.webry.info/

俳句風曲集 風典

2018 年 9 月 8 日　第 1 刷発行

著　者　夏木　久
発行人　大杉　剛
発行所　株式会社 風詠社
〒 553-0001　大阪市福島区海老江 5-2-2
大拓ビル 5 - 7 階
Tel 06（6136）8657　http://fueisha.com/
発売元　株式会社 星雲社
〒 112-0005 東京都文京区水道 1-3-30
Tel 03（3868）3275
装幀　2 DAY
印刷・製本　シナノ印刷株式会社

ISBN978-4-434-25143-6 C0092